ZORA HURSTON *y el* ÁRBOL SOÑADOR

ZORA HURSTON y el ÁRBOL SOÑADOR

Escrito por WILLIAM MILLER

Ilustrado por CORNELIUS VAN WRIGHT y YING-HWA HU

Traducido por ESTHER SARFATTI

LEE & LOW BOOKS Inc.
New York

Text copyright © 1994 by William Miller
Illustrations copyright © 1994 by Cornelius Van Wright and Ying-Hwa Hu
Translation copyright © 2001 by Lee & Low Books Inc.
LEE & LOW BOOKS Inc., 95 Madison Avenue, New York, NY 10016
www.leeandlow.com

Printed in Hong Kong by South China Printing Co. (1988) Ltd.

Book design by Christy Hale
Book production by The Kids at Our House

The text is set in Bell.
The illustrations are rendered in watercolors on paper.

10 9 8 7 6 5 4 3 2 1
First Edition

Library of Congress Cataloging-in-Publication Data
Miller, William
[Zora Hurston and the chinaberry tree. Spanish]
Zora Hurston y el árbol soñador / por William Miller ; ilustrado por
Cornelius Van Wright y Ying-Hwa Hu; traducido por Esther Sarfatti.
p. cm.
ISBN 1-58430-030-2 (pbk.)
1. Hurston, Zora Neale—Juvenile literature. 2. Authors, American—20th century—
Biography—Juvenile literature. 3. Afro-American women authors—Biography—
Juvenile literature. [1. Hurston, Zora Neale. 2. Authors, American. 3. Afro-
Americans—Biography. 4. Women—Biography. 5. Spanish language materials.]
I. Van Wright, Cornelius, ill. II. Hu, Ying-Hwa, ill. III. Sarfatti, Esther. IV. Title.
PS3515.U789 Z78618   2001
813'.52—dc21
[B]   00-47813

Para Charles Ghigna, maestro y amigo
            —W.M.

En memoria de nuestra hermana Linda.
Que sus hijos siempre salten hacia el sol
            —C.V.W. y Y.H.

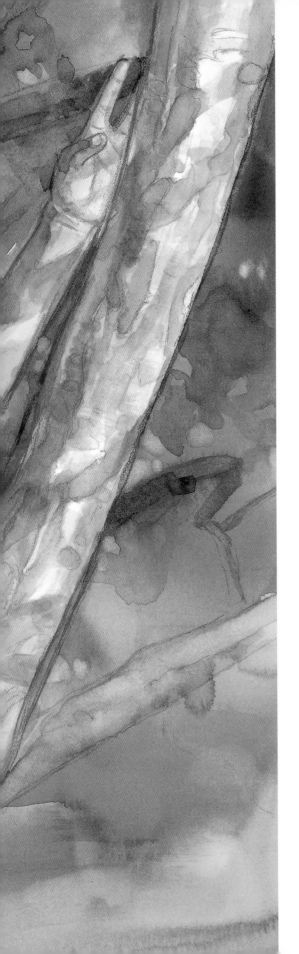

A Zora Hurston le encantaba el acederaque.

Su mamá le enseñó a treparse al árbol, subiendo de rama en rama.

Desde lo alto del árbol, podía ver el lago
y, a lo lejos, el horizonte.

Zora soñaba con ir al lago, soñaba con
pescar a la luz de la luna.

Soñaba también con conocer las ciudades
que estaban más allá del horizonte, con
vivir un día en alguna de ellas.

Pero sólo los chicos iban a pescar al lago,
sólo los hombres viajaban a las ciudades.

Zora observaba con envidia las carretas que
traqueteaban por los caminos polvorientos.

Su papá le decía que se pusiera vestidos, que trepar a los árboles era cosa de chicos traviesos que no tenían nada mejor que hacer.

Le decía que leyera la Biblia todos los días, que se aprendiera los versos para luego recitarlos los domingos en las clases de catecismo.

Le advertía que las niñas que no escuchaban a sus papás corrían el riesgo de no convertirse en señoritas bien educadas.

Pero Zora sólo escuchaba a su mamá.

Su mamá le enseñó que cada cosa tenía voz
propia: los árboles y el viento, las estrellas
del cielo de medianoche.

Le decía que el mundo le pertenecía, desde
el lago hasta el lejano horizonte.

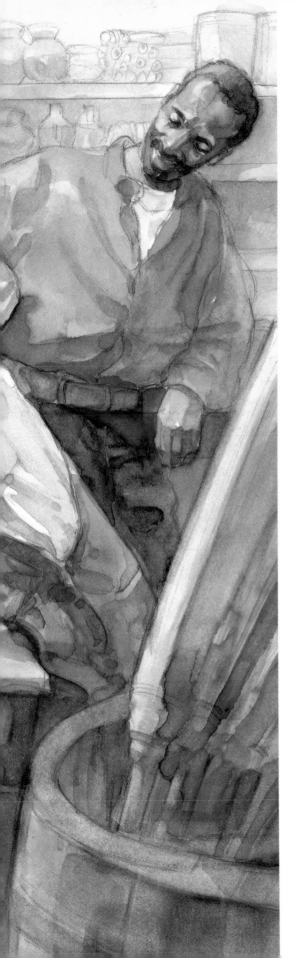

Por eso, Zora iba a todas partes.

Entraba en la tienda del pueblo y miraba cómo los hombres jugaban a las damas.

No paró de preguntar hasta que le enseñaron a jugar.

Seguía a los chicos que hacían fogatas en el campo y escuchaba cómo sus papás entonaban canciones sobre John Henry:

un hombre tan fuerte que era capaz de levantar un martillo de nueve libras desde el amanecer hasta el atardecer.

Oyó hablar de la Muerte, que según contaban, tenía los pies cuadrados y vivía en el oeste.

La Muerte se sentaba en una plataforma hecha de palmas y gobernaba con una espada en las manos.

Zora aprendió sobre África, el lugar de donde provenían ella y su gente.

En África habían sido reyes y reinas y habían construido ciudades que se habían mantenido en pie durante miles de años.

Adoraban a los dioses que reinaban en el cielo, en las montañas y los ríos, en el mar tempestuoso. . . .

Una mañana, la mamá de Zora no se sintió bien.

Le dijo a Zora que no se preocupara, que muy pronto estaría mejor. La animó a que saliera a jugar, a que trepara a su árbol preferido.

Pero Zora no tenía ganas de jugar. Su mamá parecía muy cansada. Zora veía el dolor en sus ojos.

Día tras día, Zora se sentaba junto a su mamá y le contaba las historias que había oído alrededor de las fogatas.

Su mamá sonreía y le decía que siempre recordara lo que había aprendido.

Esas historias, le decía, mantenían vivo a su pueblo. Mientras se siguieran contando, África permanecería en sus corazones.

Zora le prometió que siempre recordaría.

La mamá de Zora fue empeorando poco a poco. Hombres y mujeres vinieron a acompañarla durante las largas noches calurosas.

Vino el médico del pueblo. Le dio unas pastillas y se fue, moviendo la cabeza con tristeza.

El curandero también trató de curarla. Le frotó la cara con aceite de serpiente y bálsamo de mostaza; encendió una larga vela blanca junto a la cama.

Pero no había nada que hacer.

Zora esperaba en la sala cuando su papá entró. Al verlo, supo que ya nunca más vería a su mamá.

Zora sintió como si fuera ella la que hubiera muerto.
Veía cómo los adultos detenían los relojes y cubrían
los espejos con sábanas.

Veía a las mujeres llorar y a los hombres fijar la
vista en los zapatos que usaban los domingos.

Pero llegó un momento en que ya
no pudo seguir sentada.

Zora salió corriendo y no paró hasta que llegó al acederaque.

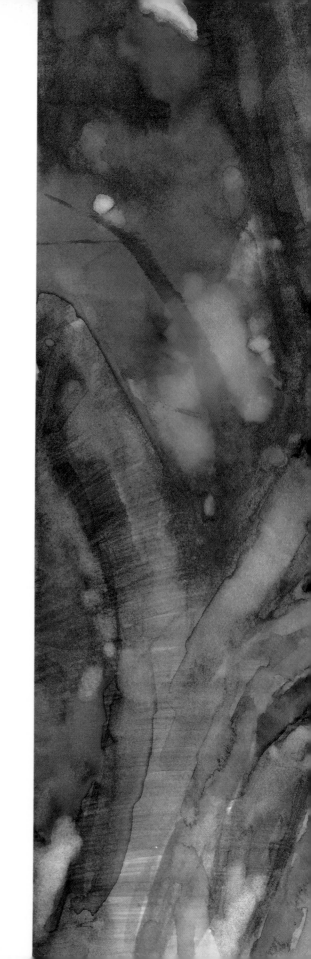

Se trepó de rama en rama, hasta llegar casi a la copa.

Escuchó el canto de un gorrión y fue como escuchar la voz de su mamá. El gorrión le dijo que no se rindiera, que trepara más y más alto.

Desde la copa del árbol, Zora volvió a mirar el mundo
que su mamá le había dado:

el lago lleno de peces, las ciudades donde algún día iría
a compartir con la gente lo que había aprendido en las
veladas junto a las fogatas.

Zora le prometió a su mamá que nunca dejaría de trepar,

que siempre trataría de alcanzar el cielo recién amanecido,

que siempre saltaría hacia el sol de la mañana.

NOTA DEL AUTOR

Zora Hurston nació en 1891. Creció en Eatonville, Florida, un lugar histórico por ser el primer pueblo de Estados Unidos cuyos habitantes eran exclusivamente negros. Desde temprana edad, Zora estuvo rodeada por la rica tradición oral de su comunidad: historias, canciones y cuentos folklóricos que celebran la vida afroamericana.

Zora fue a Howard University y a Barnard College, donde estudió antropología. Viajó extensamente por los pueblos del sur de Estados Unidos y documentó los relatos folklóricos de su gente. Publicó estos relatos en una colección titulada *Mules and Men*. Zora también escribió muchas obras de ficción. Su novela más conocida, *Sus ojos miraban a Dios*, es un clásico de la literatura afroamericana.